逍遥游

老桥 — 著

上海三联书店

目录

Ⅲ   诗中藏情 画中有意 书中见品 / 袁学君

Ⅶ   下笔何以自高一筹 / 介子平

Ⅺ   自序·草间闲情

002   游松嫩平原

006   京城春意

008   再聚郑州

010   买菜偶感

012   中秋月

013   采桑子·中秋有感

014   鹧鸪天·夜思

016   新春

018   忆兄弟

020   龙井情

022   宜兴游竹海

024   客居京城有感

026　鹧鸪天·赠好友退休

028　送别好友长安任上

030　进京二年有感

032　中秋

034　闲情偶记

036　春节思客

038　晋祠三绝

040　忆竹

042　无言

044　阳春曲·冬景

046　进京六载抒怀

048　金陵赏梅

050　饮酒南山

052　题画兰

054　题画竹

056　幽梦

058　题画荷

060　换茶

062　题画牵牛花

064　赠平坝兄弟

066　黔中游记

070　丙安镇

072　六十而立

074　闲居京东有感

076　京东先生

077　西江月·清明祭祖有感

078　西江月·临《石门颂》有感

080　端午节有感

082　京东夏日有感

084　赴京途中

086　题画蝉

088　题画草虫

090　读《林散之年谱》有感

092　学书心得

094　海南过冬记

096　渔家傲·古城朔州

098　题菖蒲

100　元宵夜

102　题沙漠玫瑰

104　抄经

106 题画荷

108 立春

110 学白石

112 题画三角梅

114 品茶二首

116 出海

121 道之所存　师之所存也 / 李志斌

127 人生难得是半闲 / 何勇

132 无心且作逍遥游 / 冯俊文

诗中藏情 画中有意 书中见品

袁学君

　　山西是中华文明发祥地之一，有文字记载的历史达三千年，被誉为"华夏文明摇篮"。佛教名山五台山为灵山圣境，云冈石窟气魄雄伟，平遥古城历史厚重，雁门关山势雄奇。出生于山西的董联桥先生，自然也就受到了周围环境的影响，从小就对中华传统文化产生了浓厚的兴趣。中国书画讲究的不单单是掌握娴熟的绘画和书法技巧，更重要的是看书画家个人的性格、品德、情操、学识和修为。宋代著名画家、绘画理论家郭熙在《林泉高致》中提出了画家要"所养扩充，所经众多，所览纯熟，所取精粹"。另一位宋代绘画理论家郭若虚在《图画见闻志》中也发出"人品既已高矣，气韵不得不高；气韵既已高矣，生动不得不至"的感叹。现代书画大家陆俨少在谈及他自己的日常训练时说，一位优秀的画家要在读书上用百分之五十的功，书法上用百分之三十的功，绘画上用百分之二十的功。足见中国书画的学习对人的全面修养提出了很高的要求。董联桥先生大学读的是汉语言文学专业，系统性地学习过汉语言文学各方面知识，打下了坚实的文学基础，极大地提高了他的文学修养。这正是现今一部分书法专业的学生，甚至教师所缺乏的，他们在勤学苦练书法技法之时，很难再去顾及文学方面的积累。而董先生则不然，他不仅文学功底深厚，在书法技法训练上亦是十分刻苦。在我接触的人中，董先生算是一位十分博学、才思敏捷的人。几十年的生活与工作积累让他充满了哲人般的智慧。他对生活，对做人，乃至对世界的许多看法是十分精到的。其实，他自幼便喜爱书画，初中毕业到电厂工作之余便开始学习书法。后从事宣传、办公室和对外经贸以及理论研究工作,虽然工作辛苦,业务繁忙,他仍然笔耕不辍。一有闲暇,他便如痴如醉地浸泡在文学、诗词、书法、绘画的世界之中,这是一般人所难办到的。只有处于十分喜爱和迷恋状态的人才会在一件事上不辞辛劳、不畏艰难。这便是董先生在诗文书画造诣上有过人之处的原因,他首先是发自内心地热爱文学与书画的。所以,当我们观其文时,自然从中获得感动;当我们品其书时,自然从中找到趣味。

好的作品是对一位执着于创造美好事物者的最好回馈,也正是他的执着和喜爱,才能够推动他多年来坚持写作和书法创作,并多次参加全国、地方及行业书法展览并获奖。除此之外,他还在报刊杂志上发表了近百篇散文、专题研究及艺术评论文章,还出版有散文集《半闲堂闲话》《观自在》等。

董先生的诗文中透露出浓郁的古意,对仗工稳,充满韵律,但又不过于修饰,不做辞藻堆砌,明白质朴,通脱不拘,充满生活的气息。这一点，正如前文所说，与他生于山西、长于山西有着直接的联系，也与他的文学修养密不可分。董先生的画多是小品，追求一种天真烂漫、率性自然的风格，同时给人一种爽朗清新的感受。他的书法，五体皆备，隶书出自汉碑，古朴大气。小楷字体瘦硬，巧而不拙，工而不板。他的行草书结体严谨，行气舒朗有致。在整体和谐中求变化，下笔干净利落，尚意的同时也极见岁月累计的功力。总体来说，他的书法给我一种十分干净、清爽的感受。正如其人一样，健康豁达，精神百倍。祝愿他在文学艺术的道路上继续坚持，在继承传统的同时，勇于创新，为达一个更高的境界而努力前行，开出更加灿烂的花朵，结出更加丰厚的果实。

2018年1月8日于中国画创作研究院

（袁学君，文化部艺术发展中心中国画创作研究院执行院长、中国画美术馆馆长、楚天学者。）

下笔何以自高一筹

介子平

　　董联桥先生所善，诗一，书一，画一。

　　其诗古体，余虽懵懂，却大致知道好坏。最是《京城春意》一首："人走南宣武，车行北地安。碧瓦红墙艳，白玉绿树环。揣罐旧虫鸣，拎笼新鸟欢。饮茶前门外，品酒后海边。"红墙碧瓦，罐中虫鸣，趋静趋淡，归于宁帖，写尽闲居京城的大好心情。《买菜偶感》则是此般心态的补充之作："推车小买菜市场，细与小贩讨斤两。葱韭笋菇隔天换，瓜果梨桃应季尝。身疲难持数件事，心累生得两鬓霜。抛下难抛身外物，不如披挂入厨房。"

诗之外，书画也精。其《闲情偶记》所述，盖书画状态："古砚湖笔戏徽宣，孤灯卧榻读班迁。回首笑看来时路，壁上山水荡云烟。"

其书最值称道者，在我看来，尺牍手札一路。内容或抄己之诗句，或录前人名篇，为娴雅舒缓、超逸优游、圆转秀逸、结体妍丽面貌。初观虽未见炫目彪焕之视觉冲击，技术含量、个性特色也不会跃然纸端，甚至会有些许妩媚唯美之感，但待回味咀嚼，便会体验出其风行雨散、润色开花背后的内功所在，骨丰肉盈、入妙通灵后的风骨所在。恂恂有礼，穆穆以忧，尺牍手札乃文案之书，心燥意乱者不能赏，蜩螗鼎沸时不能赏。

老笔纷披，逸笔草草，斑驳朴茂，貌拙气酣，董先生的花鸟画走的是传统一路，其中最值称道者，乃草虫。志于道，据于德，依于仁，游于艺，古诗人比兴，多取鸟兽草木，而草虫之微细，亦加寓意焉。夫草虫既为诗人所取，画可忽乎哉？五代以后，黄筌的珍禽瑞鸟、徐熙的蒲藻虾鱼，已然成了文人处士的野逸风格。方薰《山静居画论》云："三尺许，蜡蜓蜂蝶蜂蜢类皆点簇为之，物物逼肖，其头目翅足，或圆或角，或沁墨或破笔，随手点抹，有蠕蠕欲动之神，观者无不绝倒。"齐白石更是扩展了草虫范围，广及蝗虫、蟑螂、螳螂、臭虫、蟋蟀、蛾蝶、蜻蜓、蜜蜂、苍蝇，等等，目之所及，无所不画，草虫画由此拓宽了路数，提升了品格。花鸟画中的鸟虫是画幅中的点缀，此董先生擅长者也。或置边角，或栖枝间，却又是点睛之笔、活络之脉，超逸且天趣，入古而自然。

其书画，无大名，却有大貌，无大拙，却有大朴；其诗风，无大饰，却有大气，无大巧，却有大质。诗书画之外，董先生笔耕不缀于文学，随笔集《半闲堂闲话》《观自在》等的出版，足见其用功之勤。王国维有语："诗人对宇宙人生，须入乎其内，又须出乎其外。入乎其内，故能写之；出乎其外，故能观之。入乎其内，故有生气；出乎其外，故有高致。"诗词如此，书画亦然。入乎其内者夥，出乎其外者寡，而能出乎其外者，即为成就者。

诗文书画，其事不一，其理则同，善读书者，不难一隅三反，触类旁通。诗文养性，书画养心，不读书而能臻绝品者，未之见也。"临书不辞苦，全凭兴与恒。一日半池墨，四更六尺泾。长锋书篆隶，短毫写草行。睡醒不得起，腹上留指痕"，大概是董先生的书写状态。诗文广，造诣深，老练世故，遗落尘累，降去凡俗，翛然物外，下笔自高人一筹。谁曰不然？

丁酉小寒

（介子平，著名书画评论家。）

自序

草间闲情

记得在二十年前，在古城平遥的著名票号"日升昌"旧址，看到会客的过厅有一块木刻匾额，上书"怡神养素之轩"。我非常喜欢这句话，用隶书写下来，挂在了我的书斋。面对各种的烦恼、无奈，只要坐在书斋画案前，看到这幅字心就会立刻静下来。在晋商票号最辉煌的时候，全国的白银流向了平遥，然后又源源不断地输往各地。白银既令人不安，又令人兴奋。在繁华的白银世界挂着如此匾额，犹如商界偈语，令人称奇。再者，我如此年轻就遁入此言，成就了我的半闲生活情缘。

从儿时的儿童画转而画水墨画，源于

六十年代从介休老家村子里一位老辈人家里借来的民国版芥子园画谱。从山水怪石，草虫花鸟开始，一页一页的临摹，从小积累了丰富的滋养。六十年代末刚刚复课，在学校图书馆地上的"四旧"书堆里找到一本齐白石画册，虽然印刷模糊并有水渍。但是，就此提起了学习水墨画的兴趣。说到图书馆，我有一个习惯，不管到哪里首先要和图书管理员搞好关系。初中时的学校图书馆王老师，电厂工会图书馆的白师傅，机关图书馆的丰师傅都相处得非常好，加之我的母亲供职于市图书馆，这一路读书从未有障碍，虽未抛身外可抛之物，但可读平生未读之书。读书的条件是必须为图书馆画画或者出板报。这是一举两得之好事，既读了书，又学了画。因此，画画，书法成了我的最爱。

人的生活中有许多的乐趣，有的爱好是从小形成，相伴到老，有的则是半路忽爱，不忍释手。无论怎样，人没有爱好，生活就失去很多的乐趣。尤其是年纪大了，忽然不需要工作了，生活就显得很茫然。做什么事情都觉得岁月已迟。我非常庆幸的是从小相伴的书画爱好。但是爱好者是一个业余的概念，其实，历史上的书画大家几乎都是业余的。反而专业画家或是鬻画为生，或是被皇家贵族所养。官员士大夫闲暇之时戏墨丹青，只是为雅集切磋，颐养性情，因此而产生了"文人画"。他们的作品只作为互相交流赏玩，如果拿出去卖，那是丢死人了。现当代也有许多业余画家成就了大名。海上大画家王一亭，著名的银行家。每日九点上班，出门前一定要画几幅画才出门。算是画坛票友，却画出了大名。

我对书画的兴趣是跳跃式的，并没有一定的轨迹。喜欢什么就学什么。七十年代初由汉隶入手，先后在《张迁碑》《石门颂》中浸淫数十年。七十年代末学习楷书，由柳公权入手，上追"二王"及魏晋诸家，后临智永禅师《真草千字文》最多。文徵明小楷，董其昌行书，现当代的沈尹默、林散之、启功等先生的书法亦是关注重点。下工夫最多的还是隶书和小楷。临帖看兴趣，学画凭感觉。突然想起王羲之的手札，翻出来临写一篇。想起赵孟頫的《赤壁赋》，即刻临写一段。画亦如此，今天扬州八怪，明天吴昌硕、齐白石，总而言之，不会在一家之中陷得时间长。最关键的是，无论诗书画，有情即动人，无情则寡味。清代恽寿平说："笔墨本无情，不可使运笔墨无情。作画贵在摄情，不可使鉴画者不生情。"所以，画也好，字也好，诗也好，不知自己，不知古人。情到之处，忘乎所以，不顾黑白，不吝颜色，情感为先，意境为上。追随石涛、八大、吴昌硕、齐白石，明知难逃束缚，也先钻入藩篱，待力大体壮时再挣脱不迟。

读古文诗词也是一个从小培养的爱好，从喜欢白居易，到喜欢苏东坡。文章犹喜明人张岱。现当代最喜欢读聂绀弩、启功的近体诗。学其风格，写诗没有特定，随意而写。走到哪里看见什么，就随便写几句。所以最多的就是五言和绝句。题画诗里最喜欢陈白阳、郑板桥和金农、吴昌硕、齐白石。所以，画小品自作题画诗不仅是一种寄托，更是增加了书画作品的书卷气。

近年来，有不少爱好书画的年轻朋友和我讨问书画技艺。在与古人面对面学习数十年后，能把自己的体会和经验讲给喜欢书画的年轻朋友成了我的又一项义务。对于不是科班出身的书画爱好者来说，我的体会最有借鉴作用，尤其是如何将书画爱好与生活结合在一起，我认为这也是推广美学生活的最好的捷径。

　　此次《逍遥游》出版，得到了广东省湛江市少林学校董事长黄治武先生、山西省朔州市虹珍阁的大力支持。更有四位在书画、评论、出版方面的挚友袁学君、介子平、何勇、冯俊文先生分别撰文鼓励，在此一并感谢！

　　　　丁酉冬月南山居士于海南三亚湾

游松嫩平原

　　癸巳初秋，京城闷热。约同窗十数人前往齐齐哈尔一游。有白贤弟夫妇相陪，美景、美食、友情难忘，故作诗以记之。

前日数场雨，
一洗碧蓝天。
雄鹰展长翅，
翱翔白云间。
嫩江两岸阔，
水漫一堤前。
连池明如镜，
火山浪翻岩。
登高放眼望，
池水似珠连。

桦林无人顾，
村落有炊烟。
喇嘛山亦险，
抬头一线天。
激流浪溅舟，
水冷湿衣衫。
扎龙有丹顶，
鹤舞道骨仙。
江鱼味更美，
杀猪菜肴鲜。
平日难聚首，
重逢亦觉难。
杯中烧酒热，
话别松江边。

云卷千峰色

泉漱万籁声

聊城

水聲長在耳

山色不離門

庚久書壽濤
清句飛橋
書於京北

北澗書

005

京 城 春 意

阴霾锁五环，
连绵一冬寒。
风吹雾渐散，
春至天始蓝。
西郊杨柳绿，
东城水潺潺。
轻舟荡"昆明"，
停车登香山。
燕地春复苏，
鸭觉水早暖。
人走南宣武，
车行北地安。
碧瓦红墙艳，
白玉绿树环。
揣罐旧虫鸣，
拎笼新鸟欢。
饮茶前门外，
品酒后海边。
卸衣忽觉轻，
心灵似有禅。
人生一梦醒，
不言始怫然。

癸巳年春月作

盡日尋春不見春芒
鞵踏遍隴頭雲歸來
笑拈梅花嗅春在頭
已十分　錄唐云巖藏馮耶橋書

再聚郑州

兄弟重聚在郑州，
人生已然入霜秋。
卅年风雨云和月，
昔日功过尽可休。
独钓寒江一扁舟，
长袖宦海半危楼。
借问何时能闲暇？
一壶香茶四壁书。

壬辰年六月于郑州

买菜偶感

推车小买菜市场，
细与小贩讨斤两。
葱韭笋菇隔天换，
瓜果梨桃应季尝。
身疲难持数件事，
心累生得两鬓霜。
抛下难抛身外物，
不如披挂入厨房。

庚人李鹏真句
癸巳 北月鹏桥
书於京北

中秋月

薄云散尽露玉盘，
玉宇迢迢深广寒。
从来中秋多明月，
偶有云遮亦自然。
举杯轻吟东坡句，
提笔诵咏佛印禅。
明年明月依旧看。
不是今年月中天。

采桑子·中秋有感

薄云散尽京都好，
明月晴空。
远处歌笙，
窗外梧桐尽日风。

岁月如烟人虚度，
始觉胸空。
唯有亲朋，
寄情一樽秋风中。

戊子中秋作于北京半闲堂

鹧鸪天·夜思

独坐书楼细思量，
一身霜雪渐夕阳。
年少豪情不复现，
初秋菊花阵阵香。

墨池浅，
笔锋藏，
随心点皴画山岗。
孤松飞瀑长流水，
又得三伏一日凉。

余告之曰其形
也翩若驚鴻婉若游龍
榮曜秋菊華茂春松髣髴
兮若輕雲之蔽月飄颻兮若流風
之迴雪遠而望之皎若太陽升朝霞迫
而察之灼若夫渠出淥波穠纖得衷
脩短合度肩若削成腰如約素延頸
秀項皓質呈露芳澤無加鉛華弗
御雲髻峨峨脩眉聯娟丹脣外朗
皓齒內鮮明眸善睞靨輔承權瑰
姿艷逸儀靜體閑柔情綽態媚
於語言之
節臨曹子建之洛神賦甲午六月
南心書於

新 春

　　壬辰春节恰逢四九，天寒地冻，飞雪迎
春。吾返乡过年，省城年味的确浓于京城。
依旧临帖读画，抱孙于堂前。回首客居京
华六年，白发渐多，不胜嘘唏，作诗一首。

四九春寒雪花疏，
新年皇城少爆竹。
到底偏乡看年重，
家家门庭换新符。
学禅唯品摩诘画，
静心临池子昂书。
稚子绕膝寻天乐，
白首素衣客京都。

吾廬久已足幽閒瓦缶繩樞
松竹間書卷在傍敷老眼
酒杯隨處破愁顏班之注事
真成夢寐之文游未可擬
嘗謂養生諸妙訣閒追塵
土不知還

陳白陽詩一首
南山老樵製於京東宗閒盦

忆 兄 弟

相会河东三十年，
昔日英俊已成爷。
而今各自抱孙去，
留得空忆在桃园。
兄弟不以贫富论，
相知不为官在先。
酒好尚知年份老，
人到此时却有嫌。
明月不满常为亏，
大海能浮万艘船。
人生能有几知己，
何必宴散情亦残。

若能盃水如名澇

應信邨茶比酒香

彤橋

龙井情

每年春月必收到杭州兄弟寄来明前龙井，心存感激，作诗以记之。

曾记春游梅家坞，
农家炒茶绿毫苏。
山庄留言索龙井，
每逢春月为兄邮。
四季窗前有绿影，
五色茶台伴紫壶。
愿君任上多几年，
半闲堂主有口福。

注：山庄为杭州玉皇山庄酒店。

清泉激湍暎带左右

朝晖夕阴气象万千

聪榜

宜兴游竹海

缓步入竹林，
石径步步轻。
登台观竹海，
踏阶闻鸟鸣。
石裂笋尖露，
长成与肩平。
自幼便有节，
能不被人称？

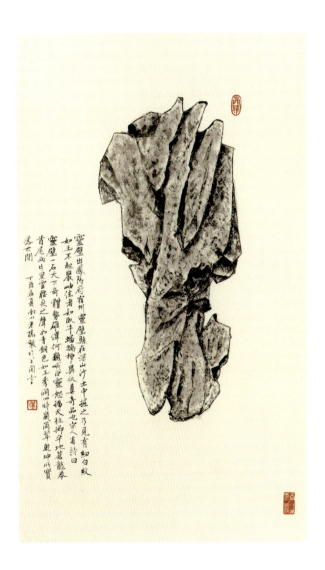

靈璧出鳳陽府宿州靈璧縣在深山沙土中掘之乃見有細白紋
如玉不起巖岫佳者如臥牛蟠螭種種異狀真奇品也宋人有詩曰
靈璧一石天下奇體勢碩偉何巍巍宫靈怒掲天柱拂平地蒼籠卷
首尾兩片雲腰夾之群必青銅色如玉秀潤四時嵐嶂翠乾坤此實
菱世間
丁酉孟夏雪湖揚梁桂于開窗

023

客居京城有感

之一

置身京城为异客，
山阴之处是吾乡。
忽闻窗外汾水曲，
恰似杏花酒飘香。

之二

小米、绿豆、红高粱，
大院、灰墙、青瓦房。
谁不说俺家乡好，
与尔娓娓道晋腔。

常以作客何問康寧但使囊中有餘錢瓮
有餘釀釜有餘糧取數景寶心舊不故浪
吟哦興要閒皮要頑五官靈動膝子官過到
六句知少足欲成儔空生煩惱只令眼前無
俗物胃每俗事耳無俗漆將殘枝隨意新
卷綿積穿插睡浮運起浮早一白清閒似雨
日筆妻百歲已多
乙未長月南山老橋寫

025

鹧鸪天·赠好友退休

除却旧尘着闲衣，
城郭之外浩然归。
潇洒竹林一君子，
管甚庙堂事与非。

生思绪，
任之飞，
回首只见湖光美。
平添又增读书日，
恰如古贤伴相随。

天意憐幽草

人間重晚晴

聽橋重書

送别好友长安任上

难得一路共前行，
才能方显宦海兴。
三门街旁一壶酒，
六铺炕前两别情。
长安城下思长安，
安定门内图安定。
而今奋蹄不嫌迟，
更有春风拂西京。

戊子年三月作于北京半闲堂

注：三门街，北京前三门大街。六铺炕，北京德
胜门外六铺炕街。

西原驛路掛城邊雲黯

江亭兩未收君去試看

汾水上白雲猶似漢時

秋

錄唐岑參詩聯楷書

进京二年有感

客京屈指两春秋，
皇城又逢六九头。
枯木逢春添新枝，
重拾旧戟斥方遒。
半世已是霜满头，
位卑不敢忘国忧。
且将尘嚣抛身后，
青山不老水长流。

戊子正月十五作于北京半闲堂

中秋

昨日中秋，仰观皓月，据消息报，今年中秋月最圆，心绪激荡，无以为泄，诌七律一首。

昨夜中秋月最圆，
心随嫦娥舞蹁跹。
往事如云已散尽，
今朝似水不留年。
看山看水双眼豁，
无名无利一身闲。
何日再聚晋阳楼，
一杯豪饮话当年。

033

闲情偶记

昔居庙堂气亦轩，
少壮英豪不畏天。
今学陶公归山野，
窗下试种红杜鹃。
淡出宦海意已先，
门设常关无车喧。
百尺书屋时时雨，
四橱善本日日添。
红儿素兰静若仙，
世事人情终觉浅。
人生难得几挚友，
香茗美酒话身闲。

古砚湖笔戏徽宣，
孤灯卧榻读班迁。
回首笑看来时路，
壁上山水荡云烟。

事去空千載何嘗有若人
只應煙樹里便是永和春
甲子大暑聃橋寫

春节思客

灯火阑珊夜已深，
爆竹新符又一春。
凭窗远眺思佳客，
依栏静听雪打门。
弃马南山箭下弓，
闲人东篱菊正新。
一客不来天地寂，
人生难得此欢欣。

偷得揚州八怪意
自有我心在筆端
甲午小暑之南山老梅病海寫

037

晋祠三绝

难老泉

碧水盈盈泻稻田，
千年一绝难老泉。
青石苔滑水浸骨，
水瘦渠肥是何年？

周柏

树干斑驳绿满天，
枝叶随风舞蹁跹。
难得斜卧一周柏，
静观人世三千年。

侍女

轻舞衣袖恰似仙，
各摆身姿在殿前。
圣母身边何年是，
婷婷袅袅到人间。

竹疏学补密
梅瘦雪添肥

板桥书

忆竹

曾迁昆明竹，
不谙汲汾河。
枝枯黄叶尽，
空留紫砂钵。

注：余曾由昆明购得风竹一钵，养于太原百尺楼书屋，此竹不喜北方气候，难以侍养，二月后枝枯叶黄，只留得竹盆摆在窗前。

居高聲自遠

江清月更明

秋橋

无 言

石破感天地，
恨别亦无言。
真情有约定，
共印听雨轩。

賢者虛懷若谷

仁者習靜如山

板橋書

043

阳春曲·冬景

之一

满天白雪打灯来，
几树红梅尚未开，
鹊爪雪泥不留痕。
梅花印，
宜观不宜摘。
窗外晴雪一线山，
帘内暖风数茎兰，
花开花谢香不断。
谁在意？
喜忧两为难。

之二

北国亦有竹，
冬雪覆叶枯。
幼笋静自卧，
春来不底出。
绿影轩窗疏，
青苔庭角铺。
新篁日见长，
满壁风竹图。

澗深松老忘榮謝
天闊雲閒任卷舒

聃樓書

进 京 六 载 抒 怀

德胜门外河边柳，
六铺炕街六春秋。
难得陈公情谊重，
方能安身半闲楼。
笔墨龙行不肯休，
禅茶一味水长流。
定慧双修身心健，
遥敬一坛花雕酒。

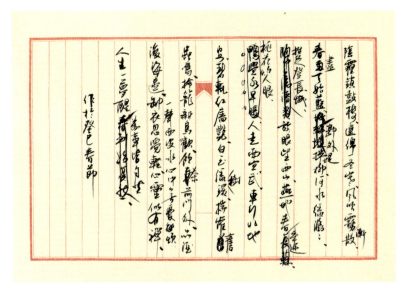

陰霾讀散穆連綿，当空雲收霧散，漸

春盡

春更了始藍，野外是新垣拂柳付水綠瀅、

提（燈長城）、

陶乍滿情對試眼望西山藍明春氣顯、

桃花於人眼，

鴨綠水早暖，人走西宮東行此此
。。。。

烏動氣紅廣艷　白云綠瑤椿花香

卧鳥捨龍鄔鳥歡飲鮮前門外六海

一聲西涯水心中多震憾頌

後海遠，郵衣忍覺魂心靈似有禪、

人走一夢醒

作於登巳春節

金 陵 赏 梅

三月金陵雪满山，
喜见梅岭花未残。
雪花补枝翩翩舞，
红梅傲寒朵朵连。
观梅亭中独凭栏，
石头城外远市廛。
落花不惜碾作尘，
泥有暗香好砌坛。

崇禎五年十二月余住西湖大雪三日湖中人鳥俱絕是日
更定矣余拏一小舟擁毳衣爐火獨往湖心亭看雪霧
凇沆碭天與雲與山與水上下一白湖上影子惟長堤一痕
湖心亭一點與余舟一芥舟中人兩三粒而已到亭上有兩
人鋪氈對坐一童子燒酒爐正沸見余大喜曰湖中焉得
更有此人拉余同飲余強飲三大白而別問其姓氏是金陵
人客此及下船舟子喃喃曰莫說相公痴更有痴似相公者

錄明人張岱陶庵夢憶之湖心亭看雪

歲次丁酉立春 董聊橋書於京東年閏堂

饮 酒 南 山

品茶犹道乐，
人生求自然。
皆言名与利，
不可痴心贪。
道理人尽知，
行之畏且难。
学画延年长，
读书嫌日短。
难学陶公意，
东篱菊已残。
亏得邻家酒，
畅饮在南山。

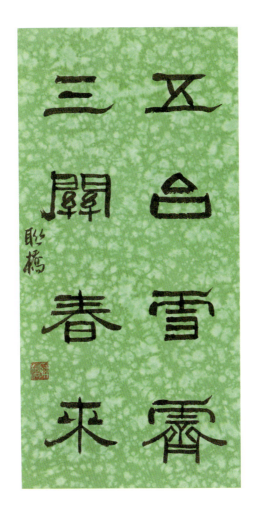

五色雪霁
三关春来

051

题 画 兰

之一

写叶堪同行草法，
点花笔下有隶意。
轩窗半开微风来，
纸上隐隐暗香气。

之二

闲来一挥数蓠兰，
墨色浓淡最无常。
壁上有兰时时看，
笔下仙草一样香。

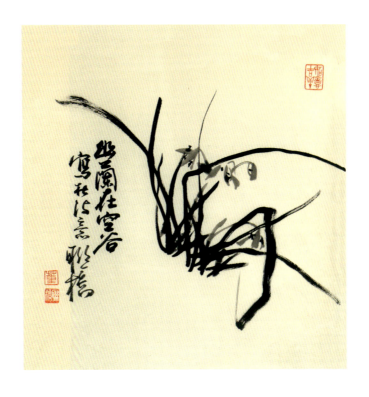

053

题 画 竹

之一

闲画清竹求自然，
数竿绿影叶纷繁。
偷得板桥兰竹意，
自有我心在笔端。

之二

画竹只为养精神，
阅尽人间事难平。
人生顺逆随天意，
虚心有节留童真。

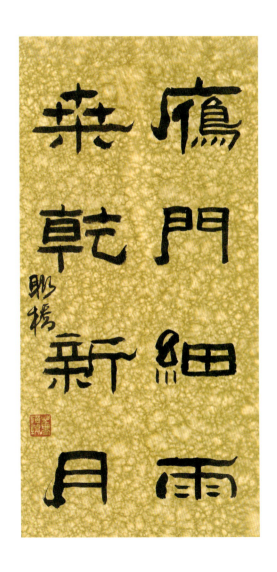

鶯門細雨
萊乾新月

幽 梦

远山着淡墨，
近水亦无波。
暮色千帆归，
月映一面坡。
名利竞相去，
岁月成蹉跎。
几番风浪后，
心境已晴和。
无论兴与衰，
总是梦南柯。

疏影横斜水清浅

暗香浮动月黄昏

宋人林逋诗句

丙申夏月董继桥书于京东潮白河畔

题 画 荷

之一

古人画荷喜用墨，
吾偏红花绿叶多。
难得一纸本来色，
亦俗亦雅正清和。

落日輕風江紹徹
釣魚不得便思歸
中午至樂原無事
立看蜻蜓點水飛

借白石詩補畫
南山老橋製

之二

墨绿一团叶，
花青与藤黄。
亭亭荷花立，
款款蜻蜓忙。
风吹随墨去，
莲从笔下香。
只为屋外荷，
夜寐不关窗。

换 茶

吾本不善画，
学画为换茶。
涂抹四十年，
愈学愈怪差。
工笔写草虫，
写意画野花。
若被古人观，
旁门不入家。
画当出己意，
模仿只有他。
所以随心意，
但逞笔如华。
天外有高手，
云梦十七八。

只愁风雨来，
加鞭催骏马。
卷画尽付人，
春茶香似花。

東坡居士自今日以往不過一爵

一而有尊客盛饌則三之可損不

可增有召我者頒以此先之主人

從而過是者乃止一曰安分以養

福二曰寬胃以養氣三曰省費以

養財元符三年八月

錄東坡筆記一則癸巳春月

董聿橋書於京北半閒堂

题 画 牵 牛 花

草色苍茫映翠微，
花开花落各自随。
青藤缠绕绿竹上，
莫怪春风吹不飞。

春夜即事

霞綃雲幄任鋪陳　隔巷蟆更聽未真　帆上
輕寒窗外雨　眼前春色夢中人　盈盈燭淚
因誰泣　點點花愁為我嗔　自是小鬟嬌懶
慣　擁衾不耐笑言頻

曹雪芹紅樓夢之春夜即事
南山老橋書於午閒堂

063

赠 平 坝 兄 弟

潮白河畔生白露，
遥想平坝望荷亭。
莫使山水空对月，
谁与闲翁共丹青。

注：平坝，贵州平坝区。

夏夜即事

倦繡佳人幽夢長　金籠鸚鵡喚茶湯
窗明麝月開宮鏡　室靄檀雲品御香
琥珀盃傾荷露滑　玻璃檻納柳風涼
水亭處處齊紈動　簾卷朱樓罷晚妝

曹雪芹紅樓夢之夏夜即事
南山老橋書於瀾白河畔

黔中游记

癸巳中秋，赴黔游。诗以记之。

仁怀镇

车行古道远，
山峦层林翠。
丹霞地貌奇，
赤水如天坠。
下车茅台酒，
回味香欲醉。
两岸多酒坊，
古法酿制醅。
环境所特有，
难得天赐惠。

赤水河

古镇吊脚楼，
嵌岩窗临河。
红军渡赤水，
革命得转折。
蔽日参天树，
难得见桫椤。
竹海幽深处，
苔滑瀑布多。

遵义

娄山枪声急，
遵义红旗舞。
黔军官邸处，
会址成千古。
青砖勾白线，
红旗黄镰斧。
重掌领导权，
红军主心骨。

用兵真如神，
军民皆折服。

阳明洞

阳明理学说，
教人知善恶。
人不致良知，
何以得良策。
洞天讲学地，
明理如长河。
世代为宗师，
今朝最应得。

千户苗寨

西江苗寨村，
千户依山建。
笛笙催舞起，
歌谣衷肠见。

米酒惹人醉，
田鱼味亦鲜。
蜡染图画美，
银饰光彩现。
苗女如天仙，
男儿似牛健。
驱车登高处，
层层水梯田。
夜幕罩山寨，
灯火在云天。

丙安镇

癸巳中秋，夜宿丙安古镇。薄云遮日，山间灯火。饮酒叙衷肠，品茶论古今。以诗记之。

驱车欲向天，
中秋宿丙安。
吊脚楼笛响，
长征桥索寒。
薄云遮明月，
赤水漫金滩。
灯下老赤卫，
闲说红军团。

槐庭即事

絳芸軒里絕喧譁桂魄流光浸茜紗苔
鎖石紋容睡鶴井飄桐露濕栖鴉抱
衾婢至舒金鳳倚檻人帰落翠花静
夜不眠因酒渴沈煙重撥索烹茶

曹雪芹紅樓夢之秋夜即事
南山老橋書於潮白河畔

六十而立

今日余之生日，老妻做长寿面一碗，心中感慨，以诗记之。

民间论虚岁，
耳顺忽眼前。
人生六十载，
往事如云烟。
心志尚不老，
孙女已擎肩。
一生无成事，
寄情书画间。
三五狐狗友，
四六茶酒仙。

笔墨有新意，
书案展旧宣。
读书手眼勤，
访友扯闲篇。
腿脚尚且健，
随雁南北迁。
寻得一茅庐，
山林有半闲。

冬夜即事

梅魂竹夢已三更，錦罽鼲衾睡未成
松影一庭惟見鶴，梨花滿地不聞鶯
女郎翠袖詩懷冷，公子金貂酒力輕
卻喜侍兒知試茗，掃將新雪及時烹

曹雪芹紅樓夢之冬夜即事
雨山老橋書於牛聞堂

073

闲居京东有感

闲居京东作农家，
少舞笔墨弄庄稼。
满篱鲜蔬满眼绿，
一盆睡莲一荷花。

百功之本生本櫃毫德毀於
惰名立於勞宴安之娛寵乎
一盡德著名成億年不朽可
貪非道可羨非時沒世無稱
君子耻之昔在周公作為無
逸大聖猶然況非其匹

錄司馬光之逸箴一則

癸巳春月董邢橋書於京北

過
杏
苍
稀

周林诗句
董耶桥书于
京北

京 东 先 生

浩浩运河东，
白首一先生。
书斋灯独在，
庭院树成荫。
晨起理蔬篱，
夕阳对瓜棚。
终日画案上，
亦花亦草虫。
心似朗月静，
身如白云中。

晓山鸟来
开雨

西江月 · 清明祭祖有感

生死阴阳相隔，
思念梦话如何？
常忆儿时不晓事，
不能膝前随和。

屋小常有欢乐，
粮少却能载德。
家风历代有传承，
后世永存不涸。

西江月·临《石门颂》有感

清明时节无雨，
案前立身如松。
钟情摩崖石门颂，
犹似笔在汉中。

碑为司隶杨君，
六朝一脉初衷。
古称胆怯不敢学，
吾当神力相通。

垂钓有深意

望山多远情

许浑句 耿橋书

079

端午节有感

又是一年端午节，
糯米红枣粽叶香。
如今难饮雄黄酒，
"竹叶青"味最思乡。

雨後靜觀山意思

風前閒看月精神

聯橋書

京 东 夏 日 有 感

京都雨散无凉生，
盖天梧桐苦蝉声。
三层小楼无常客，
十年茶圃似老农。
童心自惜时光短，
老年方看花凋荣。
约君休官回乡日，
应是茶虫兼酒虫。

冰栽圓暈
露勻脂花
綴瓜棚葉
誦籬更比
人勤貪早
起五更星
月上妝時

錄鄭風惠
詩墨牽牛
花聊楼襄

赴京途中

车上残梦意不存，
太行叠嶂远相吞。
客舍京都生白发，
回首故乡是并门。

欧陽子方夜讀書聞有聲自西南來者悚然而聽之曰異哉初淅瀝以蕭颯
忽奔騰而砰湃如波濤夜驚風雨驟至其觸於物也鏦鏦錚錚金鐵皆鳴又如
赴敵之兵銜枚疾走不聞號令但聞人馬之行聲予謂童子此何聲也汝出視之
童子曰星月皎潔明河在天四無人聲聲在樹間予意曰噫嘻悲哉此秋聲也胡為
而來哉蓋夫秋之為狀也其色慘淡煙霏雲斂其容清明天高日晶其氣慄冽
砭人肌骨其意蕭條山川寂寥故其為聲也凄凄切切呼號憤發豐草綠縟而爭
茂佳木蔥蘢而可悦草拂之而色變木遭之而葉脫其所以摧敗零落者乃一
氣之餘烈夫秋刑官也於時為陰又兵象也於行用金是謂天地之義氣常以
肅殺而為心天之於物春生秋實故其在樂也商聲主西方之音夷則為七月之
律商傷也物既老而悲傷夷戮也物過盛而當殺嗟夫草木無情有時飄零
人為動物惟物之靈百憂感其心萬事勞其形有動於中必摇其精而況思其力
之所不及憂其智之所不能宜其渥然丹者為槁木黟然黑者為星星奈何以非金石之質
欲與草木而爭榮念誰為之戕賊亦何恨乎秋聲童子莫對垂頭而睡但聞四壁蟲聲唧唧如助予之歎息

錦鯉陽餚之秋聲賦甲午秋月南店士郎陽書於京兆畫閣

题 画 蝉

秋蝉不知有冬春，
无论蝉王与蝉兵。
饥餐草果渴饮露，
活在当下只知鸣。

又是一年春打江芭未開故葉
不桐畫個蟲兒待春雨心情閒
歎何須悲

乙未五月老楊寫

题画草虫

又是一年春打头，
花未开放叶未稠。
画个虫儿待春雨，
心闲身懒何须愁。

年老心閒無外事
麻衣草座亦容身
相逢盡道休官好
林下何曾見一人
　唐靈澈上人詩
　南山居士老橋

读《林散之年谱》有感

丁酉霜降，京城寒冷。受姚先生之邀赴三亚越冬，于三亚亚龙湾住处读《林散之年谱》有感，以记之。

三亚最舒适，
凉热正恰时。
闲暇读草圣，
敬仰林散之。
早随黄宾老，
书画得为师。
自少学楷隶，
六十学草始。
七十得大名，
大草被人知。

日日案边思，
卷卷江上诗。
最尊老圣贤，
吾辈尚觉迟。
待到花开日，
必定有秋实。

吾始至南海環視天水無際悽然傷之曰何時得出此島耶已而思之天地在積水中九州在大瀛海中中國在少海中有生孰不在島者覆盆水於地芥浮於水蟻附於芥茫然不知所濟少焉水涸蟻即徑去見其類出涕曰幾不復與子相見豈知俯仰之間有方軌八達之路乎念此可為一笑戊寅九月十二日與參寥師飲小酒書此幣

蘇軾在儋耳書

丁酉初夏南山老農馬於京東

学 书 心 得

临书不辞苦，
全凭兴与恒。
一日半池墨，
四更六尺泾。
长锋书篆隶，
短毫写草行。
睡醒不得起，
腹上留指痕。

真宗嘗曲宴羣臣於太清樓君臣歡決談笑閒
忽問廛沽繪佳者何處中貴人奏有南仁和者
巫今進之遍賜宴席上亦頗問其價中貴人
以實對上遽問近臣曰唐酒價幾何無能對者
唯丁晋公奏曰唐酒每升三十上曰安知丁臣嘗
讀杜甫詩曰蚤來就飲一斗酒恰有三百青銅錢是
知一升三十錢上大喜甫之詩自可為一時之史

憲宗時北秋頻寇邊大臣奏議古者和親有五利
而無千金之費帝曰比聞有士子能為詩而姓名稍
僻是誰宰相對以邑子虛冷朝陽皆非也帝遂吟
曰山上青松陌上塵雲泥豈合得相親世路盡嬋娟
馬慶惟君不棄故寵貪千金未必能移性一話
来許殺身莫道書生無感激寸心還是報恩人侍臣
對曰此是我昱詩也

京兆尹李鑾拟以女嫁昱令其改姓昱固辭焉帝恍曰
朕又記得詠史一篇云漢家青史計拙是和親社稷
固明主安危託婦人豈能將玉鷄便致靜胡塵地下
千年骨誰為輔佐臣帝笑曰魏絳之功何其懦也大臣
遂和戎之論矣

錄全唐詩紀事三則
歲次丙申冬月南山老橋書於京東午閒堂

海南过冬记

夕阳西下影渐长，
一鸟飞如弹出膛。
野花拂影红满地，
幽草没足绿侵窗。
一钩残月映画栋，
半池秋水覆荷塘。
隔海北望归去晚，
才离故乡又思乡。

丁酉秋月初到海南作

醉翁亭記

環滁皆山也其西南諸峰林壑尤美望之蔚然

轉有亭翼然臨於泉上者醉翁亭也作亭者誰

自號曰醉翁也醉翁之意不在酒在乎山水之

山間之朝暮也野芳發而幽香佳木秀而繁陰

也至於負者歌於塗行者休於樹前者呼後者

山肴野簌雜然而前陳者太守宴酣之樂非絲

也已而夕陽在山人影散亂太守歸而賓客從

知從太守遊而樂而不知太守之樂其樂也醉

嘉靖三十年辛亥七月二十四日長洲文徵明

渔家傲·古城朔州

塞外秋来景不同，
广武城头猎旗红，
烽火四起连营号。
寨千重，
长烟落日显孤城。

羌笛不计战无功，
一曲尽是思乡苦。
古道空，
昔日将军化作松。

右趙文敏公所書史記後識傳楷法精絕武𨒪其軌方峻

鈞不類公書余惟公於古人之書無所不嘗嘗書歐陽氏

八法以教其子又嘗自題其所作千文云數年前學褚河

南孟法師碑故結體如此傳寅有歐褚筆意後題延祐

七年手抄於松雪齋旦云此刻有唐人道風觀此當是有

石本傳世豈歐褚遺蹟邪孝歐趙南家金石錄無所謂後

顯傳竟不知何人書也公以延祐六年詔告還吳興至是一

年三六十有七矣又明年至治三年辛六十有九卽此才

兩年耳公嘗濡米元章壯懷賦中缺數行因取刻本摹

搨以補凡書數過終不如意嘆曰今不逮古多矣遂以刻

本完之公於元章豈真不逮者其不自滿假如此傳自

反不重邪以下凡闕一百九十七字余因不濕刻本湯以已

意足之夫以徵明視公與之視元章其相去高下為有

間矣而余誕謬如此豈獨藝能之不逮古哉因書以識吾

愧辛丑六月既望文徵明書時年七十有二

書臨文徵明小楷書一篇　癸巳清明鄧橋

题菖蒲

丁酉春月，曾由广东邮购菖蒲两丛，置之书案一侧，郁郁葱葱，甚是喜人。但此物一日不可无水，北方气干物燥，养植不得法，数月后只留盆钵。故以记忆画之。

曾植菖蒲置书案，
一丛翠色心释然。
无奈凋零留钵去，
只得移栽壁上观。

梦回莺啭乱煞年光遍人立小庭深院炷尽沉烟抛残绣线恁今春关情似去年　袅晴丝吹来闲庭摇漾春如线停半晌整花钿

没揣菱花偷人半面迤逗的彩云偏我步香闺怎便把全身现　你道翠生生出落的裙衫儿茜艳晶晶花簪八宝填可知我一生儿爱

好是天然恰三春好处无人见不提防沉鱼落雁鸟惊喧则怕的羞花闭月花愁颤　原来姹紫嫣红开遍似这般都付与断井颓垣良辰

美景奈何天便赏心乐事谁家朝飞暮卷云霞翠轩雨丝风片烟波画船锦屏人忒看的这韶光贱

锦牡丹亭之游园四段丁酉夏月南山居士兰珊桥书于觉庐庚子闹堂以记迁入新居一年

元 宵 夜

戊戌正月，第一次在海南过元宵日，无法寻到北方元宵，只好以汤圆替代。又寻常一日，故记之。

南国元宵日，
花灯尤不见。
月是旧时月，
天为去年天。
案上临汉碑，
台前品毛尖。
花间一壶酒，
新煮赖汤圆。

元旦

聡橋

题沙漠玫瑰

　　乐东黄流农场黄总赠沙漠玫瑰一束，告知不可灌水。吾不忍干旱，以水浇之，花叶皆落。不再管理，时隔数日，反倒花开二度，甚喜，以诗记之。

　　沙漠玫瑰二度开，
　　耐旱不要水常来。
　　坐看花开花又落，
　　一斗烟丝染发白。

余嘗寓居惠州嘉祐寺縱步
松風亭下足力疲乏思欲就林止
息望亭宇尚在木末意謂是如
何得到良久忽曰此間有甚麼歇
不得處由是如掛鉤之魚忽得解
脫若人悟此雖兵陣相接鼓聲
如雷霆進則死敵退則死法當
甚麼時也不妨熟歇

錄蘇軾東坡筆記之記遊松風亭
癸巳四月聚橋書

抄 经

戊戌正月初一。当日，三亚湾阳光明媚，空气清新，椰风习习，海涛阵阵。晨起抄《心经》一卷，并作五言诗一首。

初一日晴朗，
窗外泛春光。
闲翁起身早，
沐手入书房。
金墨三滴水，
蓝宣一卷长。

心经即是空，
般若斯无相。
祈福众亲友，
首要是健康。
心中一炉香，
诸事皆顺畅。

四九春寒雪花踈新年
皇城少爆竹到底偏鄉
着年重家之門庭換兆
符學禪性品摩詰畫靜
心臨沁子昂書稚子繞膝
尋天樂白首素心容
京都

壬辰初春南山老樵自作詩
丁酉春月書於京東

题 画 荷

圆影覆池塘，
款款蜻蜓忙。
墨浓无限色，
水静自然凉。
风吹叶翻浪，
荷从笔底香。
只因离湖近，
夜寐不关窗。

作于戊戌正月三亚湾怡神养素之轩

国色由来写素面佳人原不借浓妆
丁酉春雪雨山居瑞写

107

立 春

二月立春，
桃花待放。
身在天涯，
大海阳光。
暖不知冬，
轻衣简装。
怡神养素，
半闲有堂。
心安之处，
便是吾乡。

作于丁酉立春

清白傳家

丙甲秋月南山老楊□

学 白 石

借山老翁笔墨鲜，
亦俗亦雅满人间。
折来一枝新花绽，
白石门下四十年。

叶展影翻当日芝間香散入簾層
不如種在天池上猶勝生於野水中
白石易詩奈南山老楊寫

111

题画三角梅

三角梅虽不名贵，却被海南省选为省花。亦为深圳等十几个城市的市花。吾孤陋寡闻，未曾见古人有此画，吾以白石法而作并题之。

南国处处有此花，
势如瀑布满天涯。
不是名花不显贵，
巷尾墙头自有她。

南國名園貴佳果

乙未五月南山老橋仿白石筆意

113

品茶二首

之一

茶贵未必香，
好喝最为上。
本是闲散事，
何必累心忙。

之二

好茶须好器，
相得最益彰。
壶杯赏心目。
茶香贯胃肠。

臣本布衣躬耕於南陽苟全性命於亂世不求聞達於諸侯先帝不以臣卑鄙猥自枉屈三顧臣於草廬之中諮臣以當世之事由是感激遂許先帝以驅馳後值傾覆受任於敗軍之際奉命於危難之間爾來二十有一年矣先帝知臣謹慎故臨崩寄臣以大事也受命以來夙夜憂嘆恐託付不效以傷先帝之明故五月渡瀘深入不毛今南方已定兵甲已足當獎率三軍北定中原庶竭駑鈍攘除奸凶興復漢室還於舊都此臣所以報先帝而忠陛下之職分也至於斟酌損益進盡忠言則攸之禕允之任也

錄諸葛亮之出師表 壬辰孟春 聃橋書於京華中聞堂

出 海

晨光照船舷，
劈波浪中颠。
远望海深处，
行船似不前。
天高鸥展翅，
海宽鱼深潜。
心如大洋阔，
万事皆等闲。

是事不相關誰人作此間撩廉窗白畫
移榻對青山野圖眠松上秋苦長兩閒微
俯顏有偽那日過書遲
修睦高僧詩和閒居丙申仲夏老樵

合訰書為益三名學作四鄰

丁酉之夏于德寫

道之所存 师之所存也

——简读董联桥先生的艺术境界

李志斌

未识董联桥先生之前，先认识了先生的字。

在朔州弘珍阁，有一幅古朴的隶字书法作品，上书四个大字："雁门遗风"。我久久地端详揣摩，似曾相识，又觉得气韵不凡。八十年代初我在太原念大学时，在学校教工俱乐部见过这样的字。后来参加工作，在省里开会学习，一些重要会议室或会见场所，也有这样的字悬于壁上，端庄古雅，又不失灵动飘逸。这是山西画院原院长、著名书画家王朝瑞先生的笔迹。王朝瑞先生隶书独辟蹊径，自成一家，以"古雅清静的书风，体味其功感和力度"著称。一问店主，"雁门遗风"原来是师从王朝瑞院长的当今知名书画家董联桥先生的墨宝。看得出来，董联桥先生深得王朝瑞院长真传，笔法凝炼厚重，又皆具行草篆籀之意，古朴中见奇崛，稳健又不失浪漫险峻。

而更引起我惊异和赞叹的是董联桥先生的文章。

董先生著述颇丰，其中有一书名叫《观自在》，我偶然得之。从书名上看，我觉得这或许是一些抒发闲情逸致的文章，比较闲小零散，偶或有些向禅的意思。但一打开书，便被深深地吸引住了。先生文笔质朴，才思敏捷，谈古论今，小中见大，时时处处有着独特的认知、领悟、视点和体味。细细读来，像与一位博学睿智的长者对话，你想提的问题先生早已梳理出来了，旁征博引，解疑释惑，娓娓道来。先生处处在讲古人先贤，却无不渗透着自己的思想理念；先生时时在讲自己的人生经历，却似乎又在现身说法，言传身教，在面对面、手把手、心贴心地与读者对话，启发、解释、示范、开导。他在讲对王羲之、苏东坡等中国书画代表人物及其作品的认识理解时，无疑为我们打开了一扇通俗、便捷、正确阅读古人古诗书画的大门。他在讲自己学习临摹赵孟頫、齐白石等艺术大师代表作的经验和体会时，又分明像是在课堂上用简明易懂的语言剖析经典，引领我们去欣赏、探究和研习。减少了神秘感，平添了审美情趣，把读者轻而易举地带入一个明朗、清远、明快的学习境界。他那么平和地把自己曲折难堪的人生经历讲述出来，让人看到一颗清澈的赤子之心。每一篇文章都充满了智慧、学识，充满了感恩、思考，充满了积极向上的正能量。

董先生是一杯醇香的老酒，历久弥香。董先生是一幅写意的国画，蕴味深长。董先生是一本厚重的辞书，博大精详。

董先生作诗有古意而不泥古，率性而来，直抒胸臆，用典轻松自如，诗中有画、有感、有识，在此仅举二首为例。

诗作《再聚郑州》中，"卅年风雪云和月"，让人联想到宋·岳飞《满江红》中"八千里路云和月"的沧桑辽阔；"独钓寒江一扁舟"，前四字来自唐·柳宗元《江雪》诗句，在白茫茫一片大地真干净的背景下，蓑笠翁孤舟独钓，抒发了自己看似孤独郁闷却自得清净的心境；而"一扁舟"则出处多矣，《史记·货殖列传》载"范蠡既雪会稽之耻……乃乘扁舟浮于江湖"，唐·李白更与扁舟有不解之缘，"扁舟寻钓翁"（《还山留别金门知己》），"明朝散发弄扁舟"（《宣州谢朓楼饯别校书叔云》），宋·苏轼"驾一叶之扁舟，举匏樽以相属"（《前赤壁赋》），均为千古名句，把厌倦宦海之心境写得极尽明了。"长袖宦海半危楼"句，内涵丰富，简直可以引出一篇长文，作者与"兄弟"曾经都在"宦海"泛游，虽然个人素质高，"长袖善舞"，游刃有余，却怎奈何所居之位正如一座半危之楼，虽高却险，由不得自己做主，不定什么时候坍塌、毁损，坏了一世清名，甚至误了卿卿性命。能脱离险境，跳出危楼，乘一叶扁舟，独钓寒江，实属不易。而现实中，这样的寒江与扁舟是不存在的，可以代之的清净地方，大概只有在自己的书房——"半闲堂"里，一壶清茶，四壁图书，书韵茶香，聊以慰己慰风尘。

而在另一首诗《中秋月》中，董先生描绘的分明是一幅有声有色的流动画卷，薄云、玉盘（月亮）、玉宇（宇宙）、广寒（月宫）。

中秋明月，一位清高脱俗的雅士，轻吟东坡《明月几时有》的词句与佛印和尚的禅语，忽而又生出感慨，"明年明月依旧看，不是今年月中天"，与唐·张若虚《春江花月夜》中诗句"人生代代无穷已，江月年年只相似"有异曲同工之妙，融诗情、画意、哲理于一体，意境空明，画面寥廓，又赋予人生况味的思考和感叹，读之让人唏嘘不已。

蒋勋先生说，中国古代文人文学意境高，书法好，产生了以文人的书法笔墨入画的"文人画"，一直发展为诗、书、画三个元素完美结合，组成不可分的美学意境，开创了世界艺术史上独一无二的文学与绘画视觉艺术相结合的先例。

所以，一般认为书画家最终比拼的，不是运笔用墨的技巧，而是诗文的底蕴。

董联桥先生的诗书画艺术是无法分割的，他继承了中国文人画的传统，以一位全才艺术家的角色，把诗文融入书画，把书画带入诗文，当然也会把书法带入绘画，把绘画带入书法，三者完美统一，共同营造出了董联桥诗书画艺术的高超境界。

然而，还不只如此。董先生说："书画的功夫是一辈子的事，德性的修炼也是一辈子的事，只有厚德方能成就一生，只有聚德才能提高书画的品位。"我们面前的董联桥先生，就是这样一位亦师亦友德才兼备的忠厚长者，没有世俗功利之心，满身儒雅书卷之气。

学高为师，德高为范，其先生之谓欤？

（李志斌，山西省朔州市文联主席）

126

人生难得是半闲

何勇

　　董先生联桥，山西人，中年之后入京。山西的历史文化底蕴赋予他文人气质，北京的贵胄气象又给了他王公子弟范儿。所以董先生其人，博学而多才，仁厚而有礼，清高却不简慢，脱俗却不出世，自在优游，泛若不系之舟。我常在想，董先生如在民国，比之张伯驹、袁克文之流当不遑多让。

　　董先生的书房名曰"半闲堂"，可见董先生是深谙中庸思想的。半，并不是各取一半，而是在闲与不闲之间。过则太忙，忙于事务应酬，迎来送往，耗损精力；反之则太空，无所事事，整日介空窗静坐，难

免胡思乱想。所以取其中。毕竟还生活在
这个世俗的社会中，该忙的还是要忙，空
下来也不能全空，找点自己喜欢的事做做，
所谓半闲不闲也。中庸是中国哲学的最高
境界，"致中和，天地位焉，万物育焉"。
董先生明白此道，故能定位准确，忙闲适
度，神清气爽，逍遥自在。

其实所谓半闲，只是一种理想，平时
的董先生还真是闲不住的。我认识先生的
时候他还在国企任职，事务性的事情还是
有一些，空下来他喜欢作文、写字、画画。
刚有微信那会，朋友圈基本上每天一画，
画上配一小诗。他的画以小品居多，即日
常生活情调。清新自如，平淡天真。他的
诗文，娓娓道来，不作惊人之语，却是引
人共鸣，充满着人生的哲理和生活的况味。
后来退休了，他的喜好就更多，琴棋书画
诗酒茶，无不擅长。

我和先生相识，起于紫砂，而缘于书
法。故平时交流，多谈书法。中国书法不
仅仅是艺术形式，更多的是承载中华民族
思想的人文行为，"夫书肇于自然"，这句

书法的总纲，即源于老子思想。古时的书法家无不兼具文学修养和哲学修为，"矮纸斜行闲作草，晴窗细乳戏分茶"，文章经国之大业，空下来玩的才是书法。董先生亦是此心态，他以深厚的文学功夫、丰富的人生阅历来滋养书法，以恬淡平和的性情来体现书法。所以在他笔下，清幽淡雅，烟火气全无，是典型的文人书法。他写隶书，取法两汉碑碣，高古淳厚，又时出新意。他以小楷写金刚经、心经，或为画作配上一首小诗，近来又作花笺茶诗，字体瘦劲，格调清新，从容闲雅，深得粉丝们喜爱。先生的书法，就如一碗清汤，干净清爽，看似平常，喝起来却鲜美有味。

先生喜欢读书，知识广博，有一次去内蒙，车上问我：何以隶书又称八分书？我一时不知作何答。先生便娓娓道来，各家说法皆了然于胸，并做点评，有自己的观点。不由叹服。先生说学问之道，在于穷根究底，不能一知半解，或浅尝辄止。他觉得书法之美，在内容和形式的统一，书写内容和创作手法必须协调一致，相辅相成，如果只讲技法，就是形而下，只有技进乎道，才能形神兼备，绍于古人。故书家一定要多读书，才能更好地理解书写内容，提升审美理念，达到更高层次。

先生为人，亦是淳厚长者。我蒙不弃，引为忘年之交。两人交流，先生多以人生思辨、处世道理教我，往往有不开心的事，都得先生为开导。有好些事，先生都主动为我策划，指点方向。然先生亦有可爱之一面，足见其真性情。某日晨起，收到先生微信，言近来你是否觉得自己出名位高了，我有朋友圈文字，多友人点赞，独不见你来，而且不止一次有此等事了。我顿觉头皮一紧，赶紧把文章找出来，个个点赞点评一番。然后复先生说：微信朋友众多，实在没有看到您文字，现在补上，下不为例。他才释然，哈哈一笑，揭过不提。此事亦可视作我在先生心目中的位置重要，不然何以如此耿耿。

先生喜爱文字，著述颇丰，已有数种文集出版。近日又有新作结集，嘱予为之作一文章，甚感荣幸，却又惴惴，思之良久，方凑成此一篇，聊以充数。并以此祝董先生艺事长青，身体健康，开心快乐。

丙申九月初三于简静居

（何勇，中国书协会员、宜兴书法院院长）

无心且作逍遥游

冯俊文

12月6日，大雪节气前一日，移居杭州后首度游西湖。天已凉下来，又非周末，湖边游人稀少，枫叶正红。好在是中午，微风吹着也不觉冷。曲院风荷的残荷低着头，倒影映在水面，别有一番萧瑟。远处的林木，随湖堤伸向宝石山，更远处的山影在有无间。少时读王维的"漠漠水田飞白鹭"，多年后的此刻，才对"漠漠"二字有了真切的体悟。可无人分享。这时，分外想念远在三亚的董老——凉风起天末，君子意如何？

董老本名董联桥，山西人，确有"晋人"风骨——初次见面叼一烟斗，斟茶倒水间，世家子的派头，像是刚从《世说新语》中走出来。熟了以后才发现，此老身上的"澄静"之气：真心喜欢的事，能数十年如一日地耕耘。如书画，如读书、写作、喝茶，《花间茶事》一书就是他多年茶余读书所得。

　　董老字如其人，简洁、率真，少雕琢气。他想象裴度的晚景："每日斜倚绳床，写字读诗，看侍儿扇炉火勤煎茶，观铛中蟹眼先鱼眼后。"在孤山喝茶，也会想起林和靖，和张岱："湖中，一痕长堤，数芥小舟，几粒舟中人。"他喜欢白居易，所以——"书案上，一本线装版的《白居易诗集》。茶台前，一杯陈年普洱茶。在茶杯的热气缭绕中，我对面似乎坐着的是白居易。他刚从午睡中醒来，约我一起品茶……"书中写了36个喜欢喝茶的古人，他们的宦海浮沉，道德文章。简短的白描，几个细节极其传神，有如董老许多画作，如他画的蝉、扇面乃至石头——他曾在一块石头上画驴一匹，憨态喜人。当时匆匆过眼，样子已不复留存，神韵却忘不掉。这些画作，集结在另一本集子《逍遥游》中。

《花间茶事》侧重写人记事，《逍遥游》更着意于让作品说话。二者可以视作内外篇对读，根底上读的还是董老的见识和性情。如庄子的"得鱼忘筌，得意忘言"，其间妙处有心人自能识得。

鲁迅曾说过：北人南相，是厚重而又机灵。这句评语，用在董老身上我觉得比较贴切。类似的话，其实孔子早说过——质胜文则野，文胜质则史，文质彬彬，然后君子。董老就是这样一位君子。

2018年2月1日于杭州荆山翠谷

（冯俊文，资深出版人）

图书在版编目（CIP）数据

逍遥游 / 老桥著. —上海：上海三联书店，2018.8
ISBN 978-7-5426-6293-4

Ⅰ.①逍… Ⅱ.①老… Ⅲ.①诗集－中国－当代 Ⅳ.①I227

中国版本图书馆CIP数据核字（2018）第126133号

逍遥游

著　　者 / 老　桥

责任编辑 / 朱静蔚

特约编辑 / 周青丰　李志卿

装帧设计 / 微言视觉工坊 ｜ 乔　东

监　　制 / 姚　军

责任校对 / 李志卿

出版发行 / 上海三联书店

　　　　　（201199）中国上海市闵行区都市路4855号2座10楼

邮购电话 / 021-22895557

印　　刷 / 山东临沂新华印刷物流集团有限责任公司

版　　次 / 2018年8月第1版

印　　次 / 2018年8月第1次印刷

开　　本 / 787×1092　1/32

字　　数 / 60 千字

印　　张 / 5

书　　号 / ISBN 978-7-5426-6293-4 / I · 1393

定　　价 / 68.00元

敬启读者，如发现本书有印装质量问题，请与印刷厂联系0539-2925680。